사람이 그리워야 사람이다

양광모

시인. 경희대 국문과 졸업. 문학적 수사보다는 일상의 언어로 삶의 정서를 노래한다. 푸르른
날엔 푸르게 살고, 흐린 날엔 힘껏 살자고.
詩「가슴 뭉클하게 살아야 한다」가 양하영의 노래로, 「아우야 꽃구경 가자」, 「멈추지 마라」,
「가을 남자」가 허만성의 노래로, 「내 안에 머무는 그대」가 이성하. 그리고 작곡가 정음의 노
래로 각각 만들어졌다.
필사 시집 「가슴에 강물처럼 흐르는 것들이 있다」, 사랑시 선집 「네가 보고 싶어 눈송이처럼
나는 울었다」, 커피 시집 「삶이 내게 뜨거운 커피 한 잔 내놓으라 한다」, 술 시집 「반은 슬픔
이 마셨다」 등 모두 열여섯 권의 시집을 출간하였다.

이메일_azus39@naver.com

표지 캘리그래피_아송 조성숙

사람이 그리워야 사람이다

푸른길

자서

    지금까지 쓴 시들 중에서 독자로부터 가장 많은 사랑을 받은 것들을 모아 한 권의 시집으로 엮었다. 몇몇 편은 방송과 신문에도 소개된 바 있는데 쓴 사람으로서도 가장 애착을 느끼고 있는 시들이다. 아무쪼록 이 시집이 더 많은 사람들에게 더 뜨거운 사랑을 받게 되길 바란다.

    시란 무엇인가? 시인이란 또 누구인가? 어떤 날은 시대에 무용한 석탄을 캐는 광부와 같다는 느낌에 술잔을 거듭 비우기도 하지만, 아직도 어디선가는 연탄불로 한 끼 식사를 준비하고 엄동설한의 방들을 따뜻하게 덥히는 사람들이 있으리라는 생각에 오늘도 어둠 속 탄광에 들어선다.

피면 지고 물들면 바래는 삶 속에 그리운 것들 한두 개쯤 가슴에 품고 살아가지 않는 사람이 어디 있으랴마는 사람을 그리워해야 사람이고, 사람이 그리워해야 사람이다. 누군가에게 그리운 사람이 되자.

차례

I

가슴 뭉클하게 살아야 한다

무료

따뜻한 햇볕 무료
시원한 바람 무료

아침 일출 무료
저녁 노을 무료

붉은 장미 무료
흰 눈 무료

어머니 사랑 무료
아이들 웃음 무료

무얼 더 바래
욕심 없는 삶 무료

인생 예찬

살아 있어 좋구나
오늘도 가슴이 뛴다

가난이야 오랜 벗이요
슬픔이야 한때의 손님이라

푸르른 날엔 푸르게 살고
흐린 날엔 힘껏 산다

멈추지 마라

비가 와도
가야 할 곳이 있는
새는 하늘을 날고

눈이 쌓여도
가야 할 곳이 있는
사슴은 산을 오른다

길이 멀어도
가야 할 곳이 있는
달팽이는 걸음을 멈추지 않고

길이 막혀도

가야 할 곳이 있는

연어는 물결을 거슬러 오른다

인생이란 작은 배

그대 가야 할 곳이 있다면

태풍 불어도 거친 바다로 나아가라

가슴 뭉클하게 살아야 한다

어제 걷던 거리를
오늘 다시 걷더라도
어제 만난 사람을
오늘 다시 만나더라도
어제 겪은 슬픔이
오늘 다시 찾아오더라도
가슴 뭉클하게 살아야 한다

식은 커피를 마시거나
딱딱하게 굳은 찬밥을 먹을 때
살아온 일이 초라하거나
살아갈 일이 쓸쓸하게 느껴질 때
진부한 사랑에 빠졌거나
그보다 더 진부한 이별이 찾아왔을 때
가슴 더욱 뭉클하게 살아야 한다

아침에 눈떠

밤에 눈 감을 때까지

바람에 꽃 피어

바람에 낙엽 질 때까지

마지막 눈발 흩날릴 때까지

마지막 숨결 멈출 때까지

살아 있어, 살아 있을 때까지

가슴 뭉클하게 살아야 한다

살아 있다면

가슴 뭉클하게

살아 있다면

가슴 터지게 살아야 한다

나는 배웠다

나는
몰랐다

인생이라는 나무에는
슬픔도 한 송이 꽃이라는 것을

자유를 얻기 위해 필요한 것은
펄럭이는 날개가 아니라 펄떡이는 심장이라는 것을

진정한 비상이란
대지가 아니라 나를 벗어나는 일이라는 것을

인생에는 창공을 날아오르는 모험보다
절벽을 뛰어내려야 하는 모험이 더 많다는 것을

절망이란 불청객과 같지만
희망이란 초대를 받아야만 찾아오는 손님과 같다는 것을

12월에는 봄을 기다리지 말고
힘껏 겨울을 이겨내려 애써야 한다는 것을

친구란 어려움에 처했을 때 나를 도와줄 수 있는 사람이 아니라
어려움에 처했을 때 내가 도와줘야만 하는 사람이라는 것을

누군가를 사랑해도 되는지 알고 싶다면
그와 함께 밤하늘의 별을 바라보면 된다는 것을

어떤 사랑은 이별로 끝나지만
어떤 사랑은 이별 후에야 비로소 시작된다는 것을

시간은 멈출 수 없지만
시계는 잠시 꺼둘 수 있다는 것을

성공이란 종이비행기와 같아
접는 시간보다 날아다니는 시간이 더 짧다는 것을

행복과 불행 사이의 거리는

한 뼘에 불과하다는 것을

삶은

동사가 아니라 감탄사로 살아야 한다는 것을

나는

알았다

인생이란 결국

배움이라는 것을

인생이란 결국

자신의 삶을 뜨겁게 사랑하는 법을 깨우치는 일이라는 것을

인생을 통해

나는 내 삶을 사랑하는 법을 배웠다

우산

삶이란

우산을 펼쳤다 접었다 하는 일이요

죽음이란

우산이 더 이상 펼쳐지지 않는 일이다

성공이란

우산을 많이 소유하는 일이요

행복이란

우산을 많이 빌려주는 일이고

불행이란

아무도 우산을 빌려주지 않는 일이다

꿈이란

우산천과 같고

계획은

우산살과 같고

자신감은

우산손잡이와 같다

용기란
천둥과 번개가 치는 벌판을 홀로 지나가는 일이요
포기란
비에 젖는 것이 두려워 집안에 머무는 일이다

행운이란
소나기가 쏟아지는데 서랍 속에서 우산을 발견하는 것이요
불운이란
우산을 펼치기도 전에 비가 쏟아지는 것이다

희망이란
거리에 나설 때쯤이면 비가 그칠 것이라고 믿는 것이요
절망이란
폭우가 쏟아지는데 우산에 구멍이 나있다는 사실을 발견하
는 것이다

도전이란

2인용 우산을 만드는 일이요

역경이란

바람에 우산이 젖혀지는 일이고

지혜란

바람을 등지지 않고 우산을 펼치는 일이다

사랑이란

한쪽 어깨가 젖는데도 하나의 우산을 둘이 함께 쓰는 것이요

이별이란

하나의 우산 속에서 빠져나와 각자의 우산을 펼치는 일이다

쓸쓸함이란

내가 우산을 씌워줄 사람이 없는 것이요

외로움이란

나에게 우산을 씌워줄 사람이 없는 것이고

고독이란

비가 오는데 우산이 없는 것이다

그리움이란

비가 오라고 기우제를 지내는 일이요

망각이란

비에 젖은 우산을 햇볕에 말려 창고에 보관하는 일이다

실수란

우산을 잃어버리는 일이요

잘못이란

우산을 잊어버리는 일이다

분노는

자동우산과 같고

인내란

수동우산과 같다

지식은

3단 우산과 같고

지혜는

2단 우산과 같으며

겸손은

장우산과 같다

부모란

아이의 우산이요

자녀는

부모의 양산이다

연인이란

비오는 날 우산 속 얼굴이 가장 아름다운 사람이요

부부란

비오는 날 정류장에서 우산을 들고 기다리는 모습이 가장 아

름다운 사람이다

여행을 위해서는

새로 산 우산이 필요하고

추억을 위해서는

오래된 우산이 필요하다

비를 맞으며 혼자 걸어갈 줄 알면

인생의 멋을 아는 사람이요

비를 맞으며 혼자 걸어가는 사람에게 우산을 내밀 줄 알면

인생의 의미를 아는 사람이다

세상을 아름답게 만드는 건 비요

사람을 아름답게 만드는 건 우산이다

한 사람이 또 한 사람의 우산이 되어줄 때

한 사람은 또 한 사람의 마른 가슴에 단비가 된다

희망

한 줌 한 줌
빛을 퍼뜨리며

조금씩 천천히
절망을 헤쳐내는 것이다

밤을 이기는 것은
낮이 아니라 새벽이요

어둠을 이겨내는 것은
한낮의 태양이 아니라 새벽 여명이다

가장 넓은 길

살다 보면
길이 보이지 않을 때가 있다
원망하지 말고 기다려라
눈에 덮였다고
길이 없어진 것이 아니요
어둠에 묻혔다고
길이 사라진 것도 아니다
묵묵히 빗자루를 들고
눈을 치우다 보면
새벽과 함께
길이 나타날 것이다
가장 넓은 길은
언제나 내 마음속에 있다

살아 있는 한 첫날이다

살아 있는 한 첫날이다
사랑하는 한 첫사랑이요
기다리는 한 첫눈이다

어제는 흘러간 강물
내일은 미지의 대륙
오직 오늘만 내 손안에 있나니

살아 있는 한 마지막 날이다
사랑하는 한 마지막 사랑이요
기다리는 한 마지막 눈이다

아직은 살아가야 할 이유가 더 많다

아직은 살아가야 할 이유가 더 많다

아직은 포기할 수 없는 꿈이

아직은 가슴 뛰는 아침이

아직은 노래 부르고 싶은 밤이

아직은 사랑해야 할 사람이 더 많다

살아 있다는 것은

살아가야 할 이유가 있는 것

살아간다는 것은

살아가야 할 이유를 완성하는 것

아직은 떠나야 할 여행이

아직은 잊고 싶지 않은 추억이

아직은 다시 만나고 싶은 사람이

아직은 미워할 수 없는 것들이 더 많다*

*정진규 시 「몸시·24−고향에 가서」

가장 위대한 시간

꽃은 언제 피어나는가
태양은 언제 떠오르는가
바람은 언제 불어오는가

다시!

사랑은 언제 찾아오는가
희망은 언제 솟아나는가
용기는 언제 생겨나는가

또 다시!

겨울나목

알몸으로도
겨울 이겨내는
네 삶 눈부셔라

한 백년쯤이야
하늘 높이 쭉쭉
가지 뻗으며 살아야 한다고

헐벗은 가슴으로도
둥지 한두 개쯤
따뜻이 품으며 살아야 한다고

눈 내리면 눈꽃 피우며

봄이 아니라 겨울을

열렬히 살아야 한다고

너는

아무런 말없이도

알몸으로 눈시울 뜨겁게 만든다

인생을 배웁니다

월요일에는 꿈을 배웁니다

화요일에는 희망을 배웁니다

수요일에는 용기를 배웁니다

목요일에는 사랑을 배웁니다

금요일에는 감사를 배웁니다

토요일에는 용서를 배웁니다

일요일에는 부끄러움을 배웁니다

벼가 고개를 숙이는 이유는

겸손하기 때문이 아니라

진정 부끄럽기 때문이라는 것을 배웁니다

매일,

인생을 배웁니다

라면

딱딱하게 배배 꼬인 놈이

세상에서 가장 부드러운 면발로 변해

어느 가난한 입에 부러울 것 없는 미소를 짓게 만들기 위해
서는

한 번은 반드시 펄펄 끓는 물에 들어갔다 나와야 한다

生이여, 알겠지?

눈물 흘려도 돼

비 좀 맞으면 어때
햇볕에 옷 말리면 되지

길 가다 좀 넘어지면 어때
다시 일어나 걸어가면 되지

사랑했던 사람 떠나면 좀 어때
가슴 좀 아프면 되지

살아가는 일이 좀 슬프면 어때
눈물 좀 흘리면 되지

눈물 좀 흘리면 어때

어차피 울며 태어났잖아

기쁠 때는 좀 활짝 웃어

슬플 때는 좀 실컷 울어

누가 뭐라 하면 좀 어때

누가 뭐라 해도 내 인생이잖아

심장이 두근거린다면 살아 있는 것이다

눈물이 '핑' 돈다면
살아 있는 것이다

코끝이 '찡' 하다면
살아 있는 것이다

가슴이 '뻥' 뚫린 것 같다면
살아 있는 것이다

어깨를 '활짝' 펼 수 있다면
살아갈 수 있는 것이다

주먹을 '불끈' 쥘 수 있다면
살아갈 수 있는 것이다

두 발을 '성큼' 내딛을 수 있다면
살아갈 수 있는 것이다

보아라!

슬픔을 이겨 내기 위해서도

두 배의 낱말이 필요하지 않느냐

삶의 희망 또한 두 배의 절망쯤은

거뜬히 이겨 내어야 진흙 속에서도 연꽃처럼 피어나느니

심장이 '두근'거린다면

살아 있는 것이다

심장이 '두근두근'거려야

한세상 뜨겁게 살아갈 수 있는 것이다

작은 위로

아무도 울지 않는 밤은 없다*

오늘 그대가 운다면

그것은 그대의 차례

한 번도 눈물 흘러내린 적 없는 뺨은 없고

한 번도 한숨 내쉬어본 적 없는 입은 없고

한 번도 고개 떨궈본 적 없는 머리는 없다

오늘 그대가 잠들지 못한다면

그것은 그대의 차례

모두가 잠든 밤은 없다

*이면우 시 「아무도 울지 않는 밤은 없다」

Ⅱ
한번은 시처럼 살아야 한다

비 오는 날의 기도

비에 젖는 것을
두려워하지 않게 하소서

때로는 비를 맞으며
혼자 걸어가야 하는 것이
인생이라는 사실을 기억하게 하소서

사랑과 용서는
폭우처럼 쏟아지게 하시고
미움과 분노는
소나기처럼 지나가게 하소서

천둥과 번개 소리가 아니라
영혼과 양심의 소리에 떨게 하시고
메마르고 가문 곳에도 주저 없이 내려
그 땅에 꽃과 열매를 풍요로이 맺게 하소서

언제나 생명을 피워내는
봄비처럼 살게 하시고
누구에게나 기쁨을 가져다주는
단비 같은 사람이 되게 하소서

그리하여 나 이 세상 떠나는 날
하늘 높이 무지개로 다시 태어나게 하소서

그대 가슴에 별이 있는가

그는 가슴에 별이 없는
사람이다

그는 가슴에 별이 없어
슬픈 사람이다

우연히 바라본 밤하늘에
별똥별 떨어질 때

두 손 가지런히
모아지지 않는다면

그는 밤하늘에 홀로 떠 있는
별과 같은 사람이다

그는 밤하늘을 홀로 떨어지고 있는
별똥별 같은 사람이다

가을이 와도 밤하늘을
바라보지 않는 사람아

그대 가슴에 별이 있는가

누군가 물어볼지도 모릅니다

생의 마지막 날에

누군가 물어볼지도 모릅니다

몇 사람이나 뜨겁게 사랑하였느냐

몇 사람이나 눈물로 용서하였느냐

몇 사람이나 미소로 용기를 주었느냐

생의 마지막 날에

누군가에게 대답해야 할지도 모릅니다

시간을 낭비하지 않았습니다

사람을 가장 먼저 생각했습니다

세상을 아름답게 만들려 노력했습니다

생의 마지막 날에

아무도 묻지 않을지 모릅니다

그렇더라도 오직 한 사람,

당신 자신에게는 대답해야만 할 것입니다

나는 한 번뿐인 삶을

정녕 온 힘을 다해 살았노라고

별로

별로 아는 것이 많지 않아도
별로 가진 것이 많지 않아도
별로 웃을 일이 많지 않아도
별로 사는 사람들이 있다

별로 살아야 한다

하루쯤

1년에 하루쯤은
아침부터 저녁까지
그저 웃기만 해도 좋을 일이다

1년에 하루쯤은
만나는 사람들에게
그저 따뜻한 말만 건네도 좋을 일이다

그래도 364일,
마음껏 아파하며 슬퍼할 수 있고
마음껏 투덜거리며 화낼 수 있으니

1년에 하루쯤은

상처와 눈물 모두 잊어버리고

그저 감사만으로 살아도 좋을 일이다

언제나 그 하루를

내일이나 모레가 아닌 오늘로 만들며

365일 중 하루쯤, 하며 살아도 좋을 일이다

행복

별을 따려 하지 말 것

지금 지구라는 별에 살고 있다는 사실을 기억할 것

눈부시다는 말

눈부시다는 말
참 좋지요

비 갠 아침의 눈부신 햇살
은빛으로 반짝이는 눈부신 강물
풀잎 끝에 매달린 눈부신 이슬
해맑은 아이들의 눈부신 웃음
오늘이라는 눈부신 시간
사랑해라는 눈부신 고백

눈부시다는 말
참 눈부시지요

내 살아 한 번은

내 살아 한 번은 높은 산 큰 바위처럼
그 바위에 떨어지는 여름날 힘찬 빗방울처럼

내 살아 한 번은 깊은 계곡 맑은 물처럼
그 물 위를 흘러가는 가을날 붉은 단풍잎처럼

내 살아 한 번은 천 년을 산 느티나무처럼
그 가지에 내려앉는 겨울날 어린 눈송이처럼

내 살아 한 번은 사랑하는 당신처럼
그 얼굴에 번지는 봄날 꽃 같은 미소처럼

내 살아 한 번은 푸르고 푸른 하늘처럼
그 하늘을 떠가는 희고 흰 구름처럼

살아가는 일이 어찌 꽃뿐이랴

봄이면 꽃으로 살고
여름이면 파도로 살고
가을이면 단풍으로 살고
겨울이면 흰 눈으로만 사는
생이 어디 있으랴

어떤 날은 낙화로 살고
어떤 날은 낙엽으로 살고
어떤 날은 얼음으로도 살아야 하는 것

그런들 서럽다 말아라
때로는 밀물로 살고
때로는 썰물로 살 수 있나니

술잔 마주 놓고

살아가는 일이
시린 날이면

소주잔 두 개
마주 놓고

밤새 너와
가슴 뜨거운 이야기
나눠보고 싶다

生이여

술을 마시다

4도짜리 맥주를 마시다
서러운 무엇이 있는지
거품 같은 눈물을 펑펑 쏟아내는
36.5도 술 한 병의 등을
나는 가만히 쓸어주었다

술아, 천천히 비워야 한다

괜찮다 새여

새우깡 하나 차지하겠다고
대부도 방아머리 선착장에서
자월도까지 쫓아 날아오던
갈매기 한 마리와 눈이 마주쳤는데
어쩐지 못 볼 것을 본 듯한 마음에
먼저 눈길을 피하고 말았다
필경 저 새도 땅에 내려앉는 것이 부끄러워
발목이 붉어졌을 것이다
밤이면 자줏빛 달을 부리에 물고
파랑 같은 울음을 울겠다마는
괜찮다 새여, 하늘을 날기 위해서는
먼저 물 위에 떠 있는 법을 배워야 한다

권주가

꽃 피니 한 잔
꽃 지니 한 잔

사랑했다고 한 잔
사랑한다고 한 잔

술잔은 바람에 출렁이고
내 맘은 그대 생각에 출렁이니

봄날에는 한 잔
봄날이 가기 전에 한 잔

권주가 · 2

아침에 핀 꽃은
저녁 바람에 지고

밤에 내린 눈은
아침 햇살에 녹네

그대여 잔을 비우라
살아가는 일은 그보다 더 짧으니

낮과 밤은 가려 무엇하랴
노을과 단풍을 얼굴에 물들이세

청춘십일홍

여보소, 꽃 한철
수이 짐을 탓하지 마오

꽃이야 제 몸이
꽃인 줄이나 알고
피고 지건만

사람은 제 몸이
꽃인 줄도 모르고
청춘을 수이 보내더라

가을

이제 그만 하면 됐단다
너는 용서의 계절

산은 단풍을
용서하고

나무는 낙엽을
용서하고

낙엽은 바람을
용서하네

나는 떠나가는 너를
용서하리

나는 떠나보내야 하는 나를
용서하리

가을이 오면
나는 내 가난한 삶을
10월 닮은 눈물로 용서하리

가을날의 묵상

뉘우침으로
얼굴 붉어진 단풍잎처럼

뉘우침으로
목까지 빨개진 저녁노을처럼

가을은 조금
부끄럽게 살 일이다

지나간 봄날은
꽃보다 아름다웠고

지나간 여름날은
태양보다 더 뜨거웠으리

그럼에도 뉘우칠

허물 하나 없이 살아온 삶이란

또 얼마나 부끄러운 죄인가

믿으며, 가을은

허물 한 잎 한 잎 모두 벗어 버리고

기쁜 듯 부끄럽게 살 일이다

이윽고 다가올 순백의 계절

알몸으로도 거리낌 없이

부끄러운 듯 기쁘게 맞을 일이다

꽃을 모아 시를 쓰네

나는 예쁜 꽃들을 모아
시를 쓰네

장미는 주어
백합은 목적어
목련은 형용사
철쭉은 부사
국화는 동사
코스모스는 토씨

그러면 그 시는
꽃시가 되어
사랑하는 사람들의
언약을 위해 바쳐지려니

그 시를 건네는 사람의 손에
향기를 남기고

그 시를 받는 사람의 가슴에
꽃잎을 남기고
그 시를 주고받는 사람의 생에
잊지 못할 추억으로 남으리

당신은 이것을 시적 비유라
생각할 테지만
나는 이것을 인생에 대한 지침이라
말하고 싶네

꽃을 모아
시를 쓰듯이
맑은 마음을 모아
고운 삶을 살아야 한다고

잠자리

만 개의 눈으로
세상을 보았지

날개조차 투명해
한 점 부끄럼 없었고

땅에 내려앉을 때에도
그 날개 접지 않았다

전생에 시인이었던 걸까
오늘도 허공에 시를 쓴다

가볍게 살아라
참말 가볍게 살아라

우체국으로 가는 길

우체국으로 가는 길은 아름답지 봄이면 꽃잎을 담아 여름이면 나뭇잎을 담아 가을이면 낙엽을 담아 겨울이면 눈송이를 담아 사람들은 우체국으로 가네 아침이면 햇볕을 담아 저녁이면 노을을 담아 밤이면 별빛을 담아 사람들은 우체국으로 가네

우체국으로 가는 길은 아름답지 그곳에는 사랑으로 눈빛이 초롱초롱해진 사람들과 사랑으로 애수에 가득 찬 사람들이 모여 이슬보다 영롱하고 보석보다 빛나는 시를 쓰네 그러면 그 시는 세상으로 나와 봄이면 꽃이 되고 여름이면 녹음이 되고 가을이면 단풍이 되고 겨울이면 첫눈이 되네 그러면 그 시는 그리운 사람에게로 찾아가 아침이면 그의 해가 되고 저녁이면 그의 석양이 되고 밤이면 그의 별이 되네

우체국으로 가는 길은 아름답지 그 길은 내가 너에게로 가는 길 네가 나에게로 오는 길 사람이 사람에게로 나아가는 길이라네 그대여 한 번쯤 시인이 되어 살고 싶거들랑 우체국으로 가는 길 행여 잊어버리질랑 마시게나

시는 사랑이라네

시를 쓰는 사람은
시인이지만

시를 읽는 사람은
철학자라네

먹고사는 일
아무리 바쁘다한들

시 한 편 읽지 않는 삶
얼마나 아름다울까

시를 외우지 못하는 건
부끄러운 일 아니나

시를 적어 보낼 사람

단 한 명도 없다면

지금 그에게

필요한 건

돈이 아니라

사랑이라네

詩 읽는 여자는 어디에 있나

여자라면 누구나 한 번쯤
시집을 가겠지만

여자라도 누구나 한 번쯤
시집을 읽지는 않겠지

세상에서 가장 힘든 일
시집살이라 말하지만

그보다 더 힘든 일
시집 살 이 되는 거라네

그렇지만 아직은 가슴 뛰는 여자들이여,
변치 않는 젊음을 간직하고 싶다면 기억하여라

시집을 가면 주부가 되지만
시집을 읽으면 소녀가 된다네

내가 사랑하는 여자

가을 공원에 앉아
단풍을 스카프처럼 배경으로 두른 채
해 질 무렵까지 시를 읽는 여자

그 손끝에서
시가 묻어나는 여자
그 시가 가슴에 낙엽으로 떨어져
밤새 바스락거리는 여자
그런 날 새벽이면
스스로 시가 되어 모로 눕는 여자
매일 아침
시인으로 다시 태어나는 여자

딱 한 번만 그 여자의 시가 되어
함께 바스락거리며 살아 보았으면

시 권하는 사회

아침이면
절대로 '시' 거르지 말거라

점심이면
오늘 '시'는 뭐로 할까요?

저녁이면
딱 '시' 한잔만 하고 가시죠

밤이면
시장한데 '시'나 시킬까?

새벽마다 시인의 꿈속에선
시 권하는 사회의 여명이 밝아오나니

여보시오
우리 언제 만나 '시'나 한 끼 같이 합시다

한번은 詩처럼 살아야 한다

누구라도
한때는 시인이었나니
오늘 살아가는 일 아득하여도
그대 꽃의 노래 다시 부르라

누구라도
일평생 시인으로 살 순 없지만
한번은 詩처럼 살아야 한다
한번은 詩인양 살아야 한다

그대 불의 노래 다시 부르라
그대 얼음의 노래 다시 부르라

눈 내리는 날의 기도

이 세상 살아가는 동안 누구에게나
첫눈처럼 기다려지는 사람이 되게 하소서

한 송이 한 송이씩 떨어지지만
이내 뭉쳐 하나가 되는 사람

세상의 모든 상처와 잘못을
깨끗함으로 덮어주는 사람

겨울의 깊고 어두운 밤마저
하얗게 빛으로 밝혀주는 사람

눈사람처럼 홀로 서있어도
묵묵히 겨울바람을 이겨내는 사람

아이에게는 기쁨을 연인에게는 사랑을
어른에게는 추억과 행복을 가져다주는 사람

누군가 자신을 밟고 지나갈 때조차

뽀드득뽀드득 맑은 소리를 내는 사람

이 세상 떠나는 날 누구에게나

첫눈보다 아름다운 기억으로 남게 하소서

Ⅲ
사람이 그리워야 사람이다

사람이 그리워야 사람이다

기온이 영하로 떨어지니
따뜻한 것이 그립다

따뜻한 커피 따뜻한 창가
따뜻한 국물 따뜻한 사람이 그립다

내가 이 세상에 태어나 조금이라도
잘하는 것이 있다면 그리워하는 일일 게다

어려서는 어른이 그립고
나이 드니 젊은 날이 그립다

여름이면 흰 눈이 그립고
겨울이면 푸른 바다가 그립다

헤어지면 만나고 싶어 그립고
만나면 혼자 있고 싶어 그립다

돈도 그립고 사랑도 그립고
어머니도 그립고 아들도 그립고
네가 그립고 또 내가 그립다

살아오면서 많은 사람을
만나고 헤어졌다

어떤 사람은 따뜻했고
어떤 사람은 차가웠다

어떤 사람은 만나기 싫었고
어떤 사람은 헤어지기 싫었다

어떤 사람은 그리웠고
어떤 사람은 생각하기도 싫었다

누군가에게 그리운 사람이 되자

사람이 그리워야 사람이다

사람이 그리워해야 사람이다

마음꽃

꽃다운 얼굴은
한철에 불과하나

꽃다운 마음은
일생을 지지 않네

장미꽃 백 송이는
일주일이면 시들지만

마음꽃 한 송이는
백 년의 향기를 내뿜네

참 좋은 인생

참 좋은 세상에서
참 좋은 사람들과
참 좋은 생각하며
참 좋은 하루를 삽니다

조금은 부족한 내가
참 좋은 인생을 삽니다

꽃

작은 일로 가시가 돋을 때
이 사람은 전생에 무슨 꽃이었을까
마음속으로 빙긋이 생각해 봅니다

나는 또 어떤 꽃이었을까요

인연

길을 걸어가는데
돌이 가로막고 있다면
잠시 그 위에 앉아 쉬었다 가면 되리

마차를 타고 가는데
돌이 가로막고 있다면
마땅히 그 돌을 치우거나 피해 가야 하리

인연이란 이와 같은 것
선연과 악연이 서로 다르지 않으니
돌을 탓하지 말고 나를 돌아봐야 하리

사랑

숨바꼭질을 하던 아이가
몸 뒤로 다가와 숨자
나무는 깊숙이 숨을 들이마신 후
힘껏 몸을 부풀려
아이의 몸을 살며시 가려주었습니다

그리운 어머니

서러운 날엔
서쪽 바다로 가네

노을이 있고
개펄이 있고
어머니를 다시
만날 수 있는 곳

해 질 무렵에야
노을빛 얼굴로 돌아오시던 어머니
이제 막 개펄에서 잡은 꼬막을 넣어
보글보글 된장찌개 맛있게 끓여주실 테지

나는 세상에서 가장 행복한 아이가 되어
어머니가 차려주신 저녁 밥상에 다가앉다가
왠지 그만 목이 꽉 메이겠지만

서러운 날엔

서쪽 바다로 가네

아직 걸어가야 할 길 멀지만

그리운 어머니 서쪽 바다 일출되어

내 발길 비춰주는 그곳으로

어머니

어쩐지 잘못 길을 걸어온 듯 느껴지는 날
겁먹은 어린아이의 눈길로 뒤돌아보면
저만큼 당신이 서 있을 것만 같습니다

어머니,
아직도 손을 흔들고 계시겠지요

아버지, 깊고 푸른 바다

가슴속에 겨울바다 서너 개쯤 들어앉은 사람

한때는 해류 되어 세상을 떠돌던 사람

새벽마다 만선의 꿈을 안고 집을 나서던 사람

저녁노을이 져도 쉬이 돌아오지 못하던 사람

눈이 오나 비가 오나 일출을 띄어 올리던 사람

하루에도 수십 차례 밀물과 썰물이 드나들던 사람

때로는 등 돌리고 누워 갈매기처럼 끼룩끼룩 울던 사람

명태, 전복, 조기, 오징어, 망둥이 다 품고 살아온 사람

자신은 포말로 부서지며 물거품처럼 살아온 사람

지금은 개펄 위에 홀로 남겨진 폐선 같은 사람

늘 그의 백사장을 거닐었지만

한 번도 '사랑합니다'라는 글자를 남겨 놓지 못한 사람

아버지,

당신의 깊고 푸른 바다에

오늘도 그리움의 먼동이 밝아옵니다

4월이 오면

365일, 언제나
어머니에게는 만우절이었다

-나는 배부르단다 어서 많이 먹어라

세상에서 가장 아름다운 거짓말
4월에는 한마디쯤 하며 살아야겠네

-어머니, 꽃잎만 먹으며 한세상 곱게 살겠습니다

추석

연어처럼 돌아간다

어린 새끼들을 이끌고
오래전 떠내려왔던 물살을 거슬러 올라가면
가을 햇살에 반짝이는 유년의 비늘들

빈 주머니면 어떠리
내일은 보름달이 뜨리니
가난한 마음에도 달빛은 한가득

밤이 깊을수록
송편은 점점 커지고
아비 어미 연어 얼굴에는
기쁨이 사뭇 흘렀다

아내

장미꽃보다
아름답던 그 여인

코스모스로
동백으로
목련으로
피고 지더니

이제는 내 가슴속
무궁화꽃 되었네

아내 · 2

어제는 별을 따다
안겨주고 싶던 사람

오늘은 내 인생에
북극성이 되었네

그 눈 속에 빛나는
별 다 못 헤아리니

내일은 내 가슴속
은하수 되어 흐르리

당신

붉게 떠오르는
일출 바라보다
그보다 더 붉은 해
당신 눈에서 보았네

사랑이란
비가 오건
눈이 오건
한 사람의 얼굴에
붉은 해 떠오르게 만드는 것

사랑이란

아침이건

저녁이건

한 사람의 가슴에

붉은 해 떠오르게 만드는 것

당신이

꼭

내게

그리하네

부부

여보, 고맙소

다음 생에 한 번만 더 만납시다

이번 생은 내가 아무래도 덕 본 것 같구려

부부는 전생의 은인

결혼은 그 은혜를 갚는 일이라잖소

고마운 일

감사할 일이 있다는 건
얼마나 고마운 일인가

꽃다운 미소를 지어주고
햇살 같은 말을 건네주고
나를 위해 자신의 손을
내밀어주는 사람이 있다는 건
얼마나 고마운 일인가

그리하여 그와 함께
가난한 세상을 부자처럼 살아가는 일에
감사할 줄 아는 마음을 갖는다는 건
또 얼마나 고마운 일인가

사람아,
너와 함께 이 세상을 살아가는 건
그 누군가에게 또 얼마나 고마운 일인가

행복의 길

당신이 행복하게 살았으면 좋겠다고
말해주는 사람이 있다면
당신은 인생을 잘 산 것입니다

당신이 행복하게 살았으면 좋겠다고
말해주고 싶은 사람이 있다면
당신은 인생을 더욱 잘 산 것입니다

그리고 행복은 그때 찾아옵니다
당신이 자신의 행복보다는
누군가 다른 사람의 행복을 위해 기도할 때

사랑의 기쁨이 바로 그러하듯이

IV

낮을 사랑한 달과 같이

결국엔 만날 사람

내 가슴에
한번은 만날 사람 있어요

내 가슴에
결국엔 만날 사람 있어요

그를 만나
영원보다 길게
태양보다 뜨겁게
운명보다 더 운명적으로
사랑 나눠야 할 사람 있어요

만약 그가 끝끝내

만나지 못할 사람이라 해도

내 가슴에

결국엔 만나야 할 사람 있어요

겨울이 길다고

어찌 봄이 오지 않을 것이라

믿을 수 있겠어요

내 가슴에

한번은 꼭 만나야 할 사람 있어요

봄비

심장에 맞지 않아도
사랑에 빠져 버리는
천만 개의 화살

그대, 피하지 못하리

나의 그리움은 밤보다 깊어

그대를 생각하기엔
하루가 짧고

그대를 사랑하기엔
일생이 짧다

어둠 내려앉기 전
새벽 밝아오니

그대를 향한 그리움
밤보다 깊다

낮을 사랑한 달과 같이

보름달을 바라보며
그립다, 애태운다면
그의 사랑은 거짓이다

나, 낮에 뜨는 달과 같이
사랑해 보았네

밤도 차마 막지를 못하였지

너를 사랑하여

벚꽃 한 잎
땅에 떨어지는 동안

사랑한다
일만 번 고백을 한다

애평선 愛平線

땅과 하늘이 만나
지평선을 만들고

물과 하늘이 만나
수평선을 만들고

나의 그리움과 너의 그리움이 만나
애평선을 만든다

흐린 날,
더 멀리 보인다

사랑아

살아가는 일이
얼음꽃 같을 때
너의 이름을 부른다

사랑아
진눈깨비 쏟아지는 길 위에서도
나는 너를 잊지 않았다

너를 처음 만나던 날

내가 살아온
모든 봄날의
모든 꽃잎

내가 살아온
모든 여름날의
모든 빗방울

내가 살아온
모든 가을날의
모든 낙엽

내가 살아온

모든 겨울날의

모든 눈송이

너를 처음 만나던 날

일제히 쏟아져 내렸네

물론, 꿈만 같았지

섬이 바다를 사랑하여

섬이
바다 밑에서 불쑥 솟아올랐다거나
바다 아래로 서서히 가라앉았다는
말 믿을 수 없지

한번쯤 사랑에 빠져본
사람이라면 누구라도 알 수 있어

저 아득한 공중에서
섬이 온몸으로
바다를 향해 뛰어들었다는 것쯤

저기, 바다가
섬을 어루만지는 것 좀 봐

사랑은 만 개의 얼굴로 온다

사랑은
만 개의 얼굴로 온다

아침에서 밤까지
하늘에서 바다까지
꽃에서 달까지
사랑은 만 개의 얼굴로 온다

그리하여 그대의 사랑이 꿈 같을 때
그리하여 그대의 사랑이 기적 같을 때
사랑은 다시 만 개의 심장으로 온다

터져라, 심장이여!
죽음도 두렵지 않으니
사랑은 천만 개의 불꽃으로 온다

내 안에 머무는 그대

당신을 만나기 전에는
아침이 밝아왔는데
당신을 만난 후로는
사랑이 밝아옵니다

당신을 만나기 전에는
어둠이 밀려왔는데
당신을 만난 후로는
사랑이 밀려옵니다

아침부터 밤까지
내 안에 머무는 그대
당신을 만난 후로는
사랑 안에 내가 머뭅니다

당신이 보고 싶어 아침이 옵니다

당신이 보고 싶어
아침이 옵니다

밤을 지나
어둠을 헤치고
낮을 지나
빛조차 뿌리치고

당신이 보고 싶어
저녁이 옵니다

장밋빛 노을에 물든
태양처럼
따뜻한 어둠에 잠긴
별처럼

당신이 보고 싶어
잠에 듭니다

너를 사랑한다는 것

먼바다 갯벌을 걸어 돌아오는 사람 같았다

그의 등에 업힌 저녁노을 같았다

가끔 흔들렸지만 늘 붉었다

그대가 돌아오는 저녁

노을이 대지의 심장에
붉은 용암을 쏟아붓는 시간과
밤이 별의 목에
흰 진주를 걸어주는 시간 사이에
그대가 돌아오는 저녁이 있다
어둠의 새를 타고 날아와
그대는 나의 발가에 천 개의 촛불을 켠다
어디선가 장미꽃 향기가 퍼져오고
어디선가 포도주를 따르는 소리가 들려오고
어디선가 젊은 바다가 무인도에 닻을 내리면
약속이었다는 듯이 흩어졌다 밀려오는 안개처럼
그대가 돌아오는 저녁이 있다
약속이었다는 듯이 흩어졌다 밀려가는 안개처럼
그대에게 다시 돌아가는 저녁이 있다

6월 장미에게 묻는다

다시 사랑에
빠질 수 있을까

붉은 열망과
푸른 상처를
만지작만지작거리며
6월 장미에게 묻는다

누군가를 다시
사랑할 수 있겠니

누군가를 다시
그리워할 수 있겠니

누군가의 가시에 콕 찔려
다시 소스라치게 놀랄 수 있겠니

장미꽃을 건네는 법

죽을 만큼 사랑하는
사람에게 바치는
장미꽃이라 해도
가시를 모두 떼어내고
꽃만 건네줄 수는 없다는 것쯤

그러므로 사랑하는 사람에게
장미꽃을 건넬 때는
가시에 찔리지 않도록
잘 감싸서 주어야 한다는 것쯤

영원한 사랑을
맹세하며 바치는
장미꽃이라 해도
언젠가는 그 꽃과 향기
시들기 마련이라는 것쯤

그러므로 사랑하는 사람에게

장미꽃을 건넬 때는

그 꽃과 향기 사라지기 전에

흠뻑 사랑에 취해야 한다는 것쯤

불처럼 사랑하는

사람에게 바치는

장미꽃이라 해도

붉은 장미와 흰 장미를

반씩 섞어야 한다는 것쯤

그러므로 그 사랑

뜨거운 열정만이 아니라

순백의 순결로도

함께 불타오르기를

소망해야 한다는 것쯤

사랑하는 사람에게

장미꽃을 건네받을 때는

오직 한 가지, 그 뺨

장미꽃보다 붉어져야 한다는 것쯤

바다의 교향시

해라는 놈, 사랑 좀 할 줄 알더군
붉은 노을 연가 하늘에 적어놓더니
슬쩍 바다의 품으로 안겨들잖아

바다라는 놈, 이별 좀 할 줄 알더군
발그레 상기한 얼굴 말갛게 씻겨
훌쩍 해 허공으로 떠나보내잖아

섬이라는 놈, 외로움 좀 즐길 줄 알더군
한번쯤 뭍으로 찾아갈 법도 한데
낮이나 밤이나 제자리 꿈쩍 안 하잖아

사랑에 지치면 바다가 되자

이별에 지치면 섬이 되자

외로움에 지치면 해가 되자

오늘도 떠나가는 배꼬리 맴돌며

날아갈까 앉을까 끼룩끼룩 울어대는

갈매기라는 놈, 그리움 좀 즐길 줄 알더군

내가 사랑을 비처럼 해야 한다면

내가 사랑을 비처럼 해야 한다면

한여름 폭우 되어 너를 만나리

번쩍번쩍 손길에 번개 이끌고

우르릉우르릉 발길에 심장 울리며

그치지 않는 장마 되어 너를 찾으리

밤이고 낮이고 쉬임 없어서

잠깐은 멈췄으면 싫어도 질 때까지

사랑이란

가슴을 적시는 게 아니라

가슴이 잠겨버리는 것이다

사랑이란 또 한 가슴

잠겨버리게 만들어야 하는 것이다

가을은 온다

고작 입맞춤 한 번에
껍질 모두 벗어 던져버리고
아무런 망설임 없이 알몸으로 뛰어드는
포도는 어디서 사랑을 배웠을까

9월이 파란 얼굴
골똘히 갸웃거릴 때
가을은 온다

가을은 단 하나의 언어로 말하네

가을은
단 하나의
언어로 말하네

사랑하라 사랑하라 사랑하라

하늘과 바람 낙엽과 단풍
오직 단 하나의
언어로만 속삭이니

사랑하라 사랑하라 사랑하라

여름을 지나
겨울로 가는 이여
가을이 오면
우리가 사랑을 하자

가을이 와도

사랑에 빠질 수 없다면

우리의 가을은 가을도 아닌 것

우리의 사랑은 사랑도 아닌 것

우리의 삶은 삶도 아닌 것이다

이제 곧 눈 덮인

겨울밤 찾아오려니

우리 함께 불가에 앉아

오직 단 하나의

언어로만 이야기하자

사랑하였노라 사랑하였노라 사랑하였노라

코스모스

이상하다!

국화보다 코스모스가
단풍보다 코스모스가
눈길과 마음 사로잡는다면
무엇보다 어여쁘다 느껴진다면

그는 코스모스 같은 여자를
사랑하고 있는 것이다
그는 코스모스 같은 여자를
사랑하고 싶은 것이다

그럴 리 없다면

코스모스 같은 여자, 그를 사랑하고 있는 것이다

한때 그가 사랑했던 여자, 이제는 코스모스로 피어 있는 것

이다

아! 아무래도 그럴 리 없다면

코스모스가 저처럼 바람에 흔들리고 있을 이유란

도대체 무엇이란 말인가

가을날의 기도

가을과 함께 찾아와

가을이 떠난 후에도 떠나지 않는 사람 있어

겨울이면 장작불처럼

운명을 걸고 함께 불타오르다

봄이면 꽃망울처럼

터질 듯 꽉 꽉 피어오르다

한 번만 더, 여름이면 태양처럼

시뻘겋게 애태우며 달아오르다

가을이, 또 다른 가을이 오면

단풍 고운 키 큰 나무 아래 앉아

하루쯤 사랑으로 물든 얼굴

눈 한 번 떼지 않고 바라보다가

마침내 낙엽처럼 흩어져 떠나가도 서럽지 않을

천년쯤 그리움만으로도 가슴 뜨거워질

붉은 가을 사랑 하나

가을아 가을아 보내어다오

내 사랑은 가끔 목 놓아 운다

너를 사랑하지 않는 것이
너를 사랑하는 유일한 길이었기에
내 사랑은 가끔 목 놓아 운다
내 사랑은 늘 목메어 운다

사랑아,
사랑을 위해 사랑을 떠나온 사랑아

꽃조차 잎을 위해서는 져야 하나니
내 슬픈 목련 같은 사랑
오늘도 흰 눈물 뚝뚝 떨어진다

너는 첫눈을 기다리고 있을 것이다

지금쯤 너는 첫눈을
기다리고 있을 것이다

첫눈이 내리면
마치 오래도록 기다리던 사람이
운명처럼 함께 찾아오기라도 할 듯이
너는 간절하니 애태우며 기다리고 있을 것이다

어리석은 생각이다만
나도 그렇다

눈 내리는 날 들려오는 소리 있어

눈 내리는 아침이면
어디선가 들려오는 소리 있어

사랑하거라!
사랑하거라!

눈 내리는 밤이면
어디선가 들려오는 소리 있어

덮어주거라!
덮어주거라!

눈 내리는 날이면
아침부터 밤까지
내 가슴에 흩날리는 소리 있어

사랑하는 사람에게 날아가 덮어주거라!
사랑하는 사람에게 날아가 덮어주거라!

봄 편지

그의 이름을 부르면
마음에 봄이 찾아오는 사람이 있어
그대여, 꽃을 부르듯
너의 이름을 가만히 불러본다

사랑은...따듯하여라

여름 편지

당신, 잘 있나요
그대가 누군지 몰라도
나는 그대를 사랑합니다

산 그림자 수심에 잠긴 호숫가
이름 없는 풀잎과 풀꽃처럼
우리의 만남 시작된다 해도
나는 그대를 사랑합니다

불타오르는 태양이 달궈놓은 대지를
한순간에 식혀버리는 소낙비처럼
우리의 이별 뜻밖에 찾아온다 해도
나는 그대를 사랑합니다

한여름 밤의

깨어나지 않는 긴 악몽처럼

이별 후의 슬픔 끝나지 않는다 해도

나는 그대를 사랑합니다

그러니 그대여

이제는 내 곁으로 오소서

그대가 누군지 모르는 나와

우리가 알지 못하는 신비한 사랑이

지금 당신을 기다리고 있는 이곳으로

가을 편지

9월과 11월 사이에
당신이 있네

시리도록 푸른 하늘을
천진한 웃음 지으며 종일토록 거니는
흰 구름 속에

아직은 녹색이 창창한 나뭇잎 사이
저 홀로 먼저 얼굴 붉어진
단풍잎 속에

이윽고 인적 끊긴 공원 벤치 위
맑은 눈물처럼 떨어져 내리는
마른 낙엽 속에

잘 찾아오시라 새벽 창가에 밝혀 놓은
작은 촛불의 파르르 떨리는
불꽃 그림자 속에

아침이면 어느 순간에나 문득 찾아와
터질 듯 가슴 한껏 부풀려 놓으며
사르랑 사르랑 거리는 바람의 속삭임 속에

9월과 11월 사이에
언제나 가을 같은 당신이 있네
언제나 당신 같은 가을이 있네

신이시여
이 여인의 숨결 멈출 때까지
나 10월에 살게 하소서

겨울 편지

부탁이 있다
첫눈처럼 찾아와다오
그리움으로 몇 번이고 하늘 바라볼 때
문득 내 가슴에 살포시 내려앉아다오

부탁이 있다
첫눈처럼은 오지 말아다오
닿자마자 흔적도 없이 사라져
찾아온 듯 아닌 듯 애태우지는 말아다오

부탁이 있다

첫눈처럼도 아닌 척 찾아와다오

내 한 번도 본 적 없는 큰 눈으로

무섭게 무섭게 폭설로 쏟아져다오

부탁이 있다

첫눈처럼이 아니라도 찾아와다오

봄날에야 내리는 마지막 눈처럼이라도

한 번은 약속이었다는 듯이 내 가슴에 다녀가다오

V

와온에 가거든

와온에 가거든

노을 몇 점 주우러 가는 도로에
촘촘한 간격으로 설치된
수십 개의 과속방지턱을 넘으며
상처란 신이 만들어 놓은
생의 과속방지턱인지도 모른다 생각해 보았다
서두르지 말고 천천히 가야 한다는

느릿느릿 도착한 와온 바다
엄지손톱만한 해가 수십만 평의
검은 갯벌을 붉게 물들이며
섬 너머로 엉금엉금 지는 모습을 보자면
일생을 갯벌 게구멍 속에서 지내도
생은 좋은 일만 같았다

그대여, 와온에 가거든
갯벌 게구멍 속에 느릿느릿 들어앉았다 오라
밀물이 들기까지 생은 종종 멈추어도 좋은 것이다

와온에 서서

와온바다 수평선을 가로막고 서 있는 섬들
내 생에도 저런 섬 한두 개쯤 있었겠지
우뚝 서서, 파도쯤에는 꼼짝도 안 하며
바다의 걸음을 묶어 두던 운명들

뭍과 섬 사이를 가득 메운 노을은
저무는 바다를 홀로 흘러 떠나는데
나는 또 누군가의 섬이 되려는지
와온에 서서
짠 파도에 모래알 같은 마음을 씻기고 있었다

자작나무숲으로 가자

자작나무숲으로 가자
백색 사원의 수도승들
온몸에 흰 눈 뒤집어쓴 채
100년 묵언에 잠겨 있는 곳

푸른 지붕 사이로 새어든 햇살이
고요마저 삼킨 적막을 자작자작 비춰
이곳에서는 생도 길을 잃고
이곳에서는 죽음도 영원히 머물러
살고 싶어지느니

보아라 생이여!

이렇게 사는 법도 있지 않느냐

저렇게 죽는 법도 있지 않느냐

원대리에서는

삶도 죽음도 입을 다물고

거침 없는 바람만 자작자작

생의 비의秘意를 허공에 흩뿌린다

원대리에 가시거든

그대, 원대리에 가시거든

푸른 잎과 흰 껍질만이 아니라

백 년의 고요를 보고 올 것

천 년의 침묵을 듣고 올 것

자작나무와 자작나무가

어떻게 한마디의 말도 주고받지 않고

만 년의 고독을 지켜가는지

그대, 원대리에 가시거든

사람의 껍질은 잠시 벗어두고

이제 막 태어난 자작나무처럼

키 큰 자작나무 아래 앉아

푸른 하늘을 어린 눈빛으로 바라보다 돌아올 것

비양도

비양도에 가서 알았다

생의 절반은 일몰이라는 것을

낮 세 시면 이미 뱃길이 끊어져

어쩔 줄 모르고 파도에 제 몸을 숨기는 섬

소주 한 병을 비울 시간이면

얼굴 가슴 손 발을 모두 어루만질 수 있고

소주 반 병을 비울 시간이면

어깨에 앉아 제주라는 섬을 바라볼 수 있는 곳

보다가 가장 작은 섬은 가장 큰 대륙

보노라면 가장 큰 대륙은 가장 작은 섬이었기에

생의 절반은 일출이라는 것을

비양도를 떠나며 뱃멀미처럼 나는 앓았다

초평호

운명 같은 여자 하나 손 붙잡고
한나절쯤 물가에 앉아 바라보면
호수가 아니라 강이었다가
강이 아니라 바다였다가
바다가 아니라 샘물이었다가
샘물이 아니라 눈물이 되는
그러다 해 질 무렵에는
이별이 아니라 사랑이 되는
사랑이 아니라 운명이 되는

청대산

그대에게 줄 별 하나 얻으려 올랐는데

별이란 별은
모두
땅으로 내려와
청초호에 둘러앉아 목을 축이고 있다

몇은 웃고
몇은 울고
몇은 호수에 얼굴을 씻고
몇은 어디론가 꽃잎처럼 흘러가고

흰 구름 사이로 고개 내민
별 하나
이제라도 내려갈까 망설이는데

바다가 먼저 발길을 돌려
별들의 마을로 걸어온다

선운사

아무래도 헤어지기 어려운 여자와
선운사 대웅전 뒤켠으로 함께 가
이별은 동백꽃 모가지째 떨어지듯이 하잔께,
말하였더니 그 여자 눈물만 송이송이 떨어뜨리며
이제 막 땅에 떨어진 동백꽃 하나 주워 들더니
참, 징하요, 말하는 것이더라

화암사

사람이거나 사랑이거나 생이거나

그 무엇에게거나

버림받았다고 느껴질 때

강원도 고성 화암사로 가라

그곳에 천하 3경 있으니

하나는 수바위요

하나는 난야원이요

하나는 노승의 웃음소리라

난야원에 앉아 노승의 웃음소리 들으며

수바위 바라볼 때

사람도 사랑도 생도

어쩐지 네가 버리고 떠나온 듯 느껴지리니

화암사에 가거들랑

다시는 버리고 떠나오지 마라

무창포

무창포에서나

물어볼 일이다

바다가 둘로 갈라져

앞섬까지 길 하나 열어놓더니

물기도 마르기 전

제 몸속에 다시 깊숙이 묻어버리는

수장水葬의 이별법

묻어도 묻어도 묻어지지 않는

사랑 하나 가슴에 있거들랑

무창포에서나 무창 무창

울어볼 일이다

농암정

내 사랑이 떠나갔듯이
내 슬픔도 곧 떠나갈 것이다
그러면 나는
사랑도 없고 슬픔도 없는
그 무언가가 되어 여기로 돌아오리
돌아와 사랑도 없고 슬픔도 없는 삶을 살며
그 누구인가, 한때는 사랑도 있고 슬픔도 있던
한 사내를 이따금 회상하며 살리
슬픔이 아직 사랑을 따라 떠나가지 않을 때
농암정으로 가라
세상에서 가장 높은 곳
사랑도 슬픔도 한 사내도 이미 없는 곳

사람이 그리워야 사람이다

양광모 대표시 선집

초판 1쇄 발행 2017년 11월 6일
초판 4쇄 발행 2021년 5월 7일

지은이   양광모

펴낸이   김선기
펴낸곳   (주)푸른길
출판등록   1996년 4월 12일 제16-1292호
주소   (08377) 서울시 구로구 디지털로 33길 48 대륭포스트타워 7차 1008호
전화   02-523-2907, 6942-9570~2
팩스   02-523-2951
이메일   purungilbook@naver.com
홈페이지   www.purungil.co.kr

ISBN   978-89-6291-428-3   03810

© 양광모, 2017